Collection

Ponce-Blanc

Vente du 11 Février

1887

Imp. C. — Motteroz.

Dessins importants

de P.-P. Prud'hon

provenant

de l'ancien cabinet Migneron

Catalogue

des

Dessins de P.-P. Prud'hon

Composant la

Collection de M. Ponce-Blanc

dont la Vente aura lieu Hôtel Drouot, salle n° 5

Le Vendredi 11 Février 1887

à trois heures

Commissaire-Priseur : M. R. SEILLIER, 46, rue Richer

assisté de

M. Georges Meusnier, expert près du tribunal civil de la Seine

27, rue Saint-Augustin.

EXPOSITIONS

PARTICULIÈRE	PUBLIQUE
le Mercredi 9 Février	le Jeudi 10 Février

de une heure et demie à cinq heures.

Conditions de la Vente

Elle sera faite au comptant.

Les acquéreurs paieront *cinq pour cent* en sus des enchères.

HISTORIQUE DE LA COLLECTION

Migneron (Pierre-Henry)

Inspecteur général des Mines,

Chevalier de la Légion d'honneur

PARIS, 1781-1854

NVOYÉ à Liège, alors que la Belgique était française, l'ingénieur Migneron s'y distingua par un trait de courage qui lui valut la décoration; ce fut le sauvetage de trois mineurs qu'il put heureusement retirer d'une mine envahie par les eaux (1).

Voilà l'homme en deux mots.

Quant à l'ami des arts, il n'eut pas moins de bonheur, comme nous en pouvons juger. Ainsi : L'Opérateur, *de Gérard Dow;* le Choix des bijoux, *de Frans Miéris;* le Marchand de gibier, *de Miéris le jeune;* la Dentellière, le Marchand d'huîtres, *de Gabriel Metzu, tels furent ses débuts.*

(1) Voir le dossier Migneron aux archives des Travaux publics.

Une série de perles assurément, et qu'un musée se ferait gloire de posséder.

Puis, abordant l'École italienne, si recherchée à cette époque, M. Migneron y fit également des choix remarquables, qui révèlent un profond connaisseur.

Citons entre autres :

L'Enlèvement d'Europe, *d'Annibale Carrache;* la Fontaine de grâce, *de Tiepolo;* Renaud et Armide, le Cortège des dieux, *de Luca Giordano (œuvres superbes convoitées par M. Thiers...); un très beau Léonard,* le Christ portant sa croix, — *et ce délicieux petit* saint Sébastien, *de Raphaël, dont M. Ingres faisait le plus grand cas!...*

Quant à l'École française, qui se trouvait être la partie prédominante du cabinet Migneron, hâtons-nous d'ajouter qu'elle y brillait de tout son vif éclat : Poussin, Watteau, Greuze, Prud'hon, notamment, y comptaient des œuvres charmantes, que nous aimerions à citer toutes, si l'espace et le temps ne nous étaient mesurés.

Disons toutefois qu'après la vente des biens nationaux et durant cette période où l'école de David affectait un si beau dédain à l'égard des maîtres du XVIIIe *siècle, l'homme de goût avait beau jeu pour se composer une galerie. Songez donc! — Fragonard, Boucher, Lancret, Watteau lui-même — tous ces gracieux artistes, si lumineux et si français — démodés! — Quel temps précieux pour la moisson!*

Aussi M. Migneron fut-il un moissonneur heureux, car l'intelligent amateur était bientôt cité à l'égal des

Angerstein, des Grosvenor, des Soult et des Sommariva (1).

Après ce rapide coup d'œil sur la formation du cabinet Migneron, arrêtons-nous à la place occupée par le peintre de Cluny — la place d'honneur.

Certes, si de son vivant, Prud'hon eut un admirateur passionné, convaincu de la supériorité de son talent, à coup sûr ce fut l'auteur de cet ensemble unique autant que merveilleux de l'œuvre du grand artiste!

En effet, le dessinateur incomparable, le peintre enchanteur de la beauté et des grâces enfantines, ce — Corrège français — *(quoi qu'en aient dit ses rivaux jaloux) est bien là tout entier; — depuis la* Vengeance de Cérès, *qu'il conçut en Italie, jusqu'au* Christ expirant (2); *depuis les plus libres croquis, jusqu'à ces dessins prodigieux dont l'extrême fini vous donne l'illusion du burin ou du crayon lithographique, — tout Prud'hon enfin dans une cinquantaine de pièces — qu'on peut dire avoir été choisies de main de maître!*

(1) Réveil et Duchesne aîné : *Musée de Peinture et Sculpture.* Paris, Audot, éditeur, rue des Maçons-Sorbonne, 11. — Voir le tome VI, pages 381, 409, 417 et 427, et le tome XII, page 209. — Voir aussi l'œuvre lithographique d'Aubry-Lecomte.

(2) Les esquisses peintes et les tableaux cités au cours de cette notice ont été cédés en juillet 1871 à M. G. Ritter, ingénieur à Neuchâtel. C'est en septembre 1880 que M. Ponce-Blanc se rendait acquéreur des dessins du cabinet Migneron.

Voilà pour le nom de Migneron, qui ne saurait désormais être voué à l'oubli!

Sans nous arrêter autrement aux relations amicales des Migneron et des La Martinière, lesquels occupaient des postes importants dans l'administration, disons pourtant que de ce chef, l'amie dévouée du peintre ne fut point étrangère à ces choix répétés dans l'œuvre du grand artiste. Nous avons donc tout lieu de croire, avec la filleule de l'amateur (1), *que Mlle Mayer, toute préoccupée des intérêts de son ami et des besoins du ménage, servit souvent d'intermédiaire entre le cabinet de la rue de l'Ouest et l'atelier de la Sorbonne.*

Ainsi, tout un résumé de l'œuvre de Prud'hon — avec des pages inédites, et des œuvres n'ayant vu le jour d'aucune exposition depuis leur sortie de l'atelier du maître — c'est là plus qu'il n'en faut pour fixer l'attention des amateurs et du public intelligent.

P.-B.

Tel est l'historique de la Collection Migneron, devenue Collection Ponce-Blanc. Entrer dans une dissertation critique nous parait superflu; nous ne pouvons qu'engager l'amateur à se reporter au très intéressant article de L'Art pour tous, *où ont paru quelques-unes des œuvres de notre Collection, au bulletin de juillet 1886, article*

(1) Mme L..., née Delheide-d'Amblève, fille des héritiers testamentaires de M. Migneron.

dont nous croyons cependant devoir extraire le passage suivant :

« *Quant à l'authenticité des quatre dessins reproduits dans notre numéro d'avril, elle résulte, d'une façon très imprévue, d'une expérience convaincante et d'un caractère absolument* scientifique. *L'objectif photographique a révélé l'existence, dans le papier bleu-gris, d'une quantité de* points de fer *(oxyde de couleur jaunâtre), qui se sont traduits dans les épreuves par une égale quantité de taches brunes constellant toute la surface des quatre dessins. Nous avons pu faire disparaître ces taches de nos reproductions; mais la régularité et la similitude avec laquelle ces points sont disposés sur les quatre feuillets démontre jusqu'à l'évidence que ceux-ci ont été pris sur* la même feuille de papier. *Si donc on reconnaît à première vue la main de Prud'hon dans le dessin du* Matin, *par exemple, les autres croquis ne peuvent lui être disputés : et voici une démonstration que l'Optique et la Chimie s'accordent à nous fournir de la façon la plus inattendue.*

» *Nous sommes heureux d'avoir apporté ici un nouvel élément de certitude et de contrôle dans des questions d'attributions souvent fort contestées, et nous nous sommes fait un devoir d'en faire part à nos lecteurs.* »

BACQUE-BARTHE.

(Note de l'Expert.)

TÊTES D'EXPRESSION

ET

PORTRAITS

TÊTES D'EXPRESSION

ET

PORTRAITS

1. *L'Ignorance* (mascaron).

Hauteur : 0m34. Largeur : 0m22.

« Tête de femme, vue de face, la bouche entr'ouverte par un sourire béat. Elle a un bandeau sur les yeux, et les cheveux, semblables à une tête de Gorgone, s'enroulent échevelés autour de la figure (1). »

Dessin aux deux crayons, sur papier bleu.

Gravé sans nom d'auteur.

(1) Cette définition est empruntée à M. Edmond de Goncourt, dont l'excellent *Catalogue raisonné de l'œuvre de Prud'hon* pourra être utilement consulté. — Voir aussi *L'Art pour tous*, n° 625.

2. *La Science* (mascaron).

Hauteur : 0m35. Largeur : 0m25.

Tête de femme, vue de face, la bouche entr'ouverte et le regard attentif. Elle est couronnée de fleurs, et les cheveux, au moyen d'une bandelette nouée sous le menton, s'enroulent autour du masque.

Dessin aux deux crayons, sur papier bleu.

Inédit.

3. *Étude.*

Hauteur : 0m41. Largeur : 0m28.

Tête de jeune fille inclinée à droite et de profil. Une natte de cheveux, contournant le col, est ramenée sur l'épaule.

Dessin aux deux crayons et à l'estompe, sur papier bleu.

Inédit.

4. *L'Amour aux ailes déployées.*

Hauteur : 0m39. Largeur : 0m29.

Dessin terminé, sur papier bleu, aux deux crayons et à l'estompe.

C'est une étude pour le tableau exposé au Salon de 1793 sous le titre : *Union de l'Amour et de l'Amitié*. Ce tableau, qui faisait également partie du cabinet Migneron, est aujourd'hui la propriété de M. Guillaume Ritter, de Neuchâtel.

Aubry-Lecomte, à qui M. Migneron confia la reproduction de diverses pièces de sa collection, a fait de cette lumineuse peinture une petite lithographie très réussie et à laquelle est certainement étrangère la « grisaille à peine colorée » vendue le 2 juin 1865 sous le titre : *l'Amour et Psyché*.

Voir *l'Art pour tous*, n° 618.

5. *L'Amour vainqueur.*

Hauteur : 0m47. Largeur : 0m32.

Étude de l'Amour, à mi-corps, pour la composition : *Le cruel rit des pleurs qu'il fait verser*.

Ce dessin très terminé, sur papier bleu, aux deux crayons, paraît avoir été fait en vue d'une planche gravée pour servir de modèle aux écoles.

Inédit.

5 bis. *L'essai du flambeau* ou : *Ça brûle!*

Hauteur : 0m43. Largeur : 0m32.

Dessin terminé, sur papier verdâtre, aux crayons noir et blanc estompés.

Lithographie par Jules Boilly.

Quelques taches déparent ce beau dessin, désigné aussi sous le titre : *L'Amour*.

6. *Quatre Têtes d'Enfants.*

Hauteur : 0m35. Largeur : 0m26.

Études d'amours ou d'anges, au crayon noir estompé, sur papier gris.

7. *Madame Jarre.*

Hauteur : 0m33. Largeur : 0m24.

Esquisse peinte du portrait exposé au Louvre sous le nº 460. — Papier collé sur carton.

Cette petite esquisse a conservé toute la chaleur qui fait maintenant défaut au portrait terminé.

8. *L'Impératrice Joséphine dans le parc de la Malmaison.*

Hauteur : 0m40. Largeur : 0m30.

Étude d'ensemble pour le portrait du Louvre; au crayon noir estompé sur papier bulle.

Gravé par Blanchard fils.

9. *Le Roi de Rome.*

Hauteur : 0m54. Largeur : 0m68.

Il est représenté couché à terre sur ses langes au milieu d'un bosquet. Deux *impériales* inclinent leurs tiges vers l'enfant endormi, dont les traits ont une analogie frappante avec ceux de son père.

Grand dessin d'après nature, au crayon noir et à l'estompe, sur papier préparé monté sur châssis.

On ignore ce qu'est devenue la peinture qui, au Salon de 1812, était exposée sous le nº 743.

SUJETS ALLÉGORIQUES
ET
MYTHOLOGIQUES

SUJETS ALLEGORIQUES

ET

MYTHOLOGIQUES

10. *Daphnis et Chloé.*

Hauteur : 0m37. Largeur : 0m30.

Dessin sur papier bleu, au crayon noir rehaussé de blanc. C'est une étude pour la vignette intitulée : *le Bain.*

11. *Stellina surprise au sortir du bain par Édouard.*

Hauteur : 0m32. Largeur : 0m21.

Composition pour le roman : *la Tribu indienne*, de Lucien Bonaparte.

Dessin sur papier bleu, au crayon noir rehaussé de blanc, et complètement terminé pour la gravure de Roger.

12. *Léda.*

Hauteur : 0m53. Largeur : 0m38.

Première idée d'un projet abandonné, et que Prud'hon utilisa pour la composition de la vignette ci-dessus. Grand dessin sur papier blanc jaunâtre, au crayon noir et à l'estompe, avec des linéatures caractéristiques et, à droite, l'ébauche d'une tête.

13. *Virginie (Le Naufrage).*

Hauteur : 0m42. Largeur : 0m33.

Composition pour une édition des œuvres de Bernardin de Saint-Pierre, publiée par Didot.

Dessin complètement terminé, sur papier bleu, au crayon noir rehaussé de blanc.

Gravé en réduction par Roger.

14. *L'Assomption.*

Hauteur : 0m38. Largeur : 0m28.

Dessin terminé, au crayon noir et à l'estompe, avec rehauts de blanc, sur papier gris.

Inédit.

15. *La Justice et la Vengeance divines poursuivant le Crime.*

Hauteur : 0m58. Largeur : 0m74.

Au dos du châssis le nom : *Prud'hon*, d'une ancienne écriture, et l'adresse du fournisseur.

Dessin capital, au pointillé, aux trois crayons, sur papier blanc, monté sur châssis.

Ce superbe dessin, où Prud'hon se révèle aussi bon lithographe qu'il était excellent graveur (1), a-t-il été entrepris en vue d'une planche de ce format? Cette hypothèse est d'autant plus admissible, qu'il s'agissait de la reproduction d'une œuvre capitale, que la Renommée citait déjà comme le chef-d'œuvre de l'école française.

(1) Nous renvoyons aux pages 276 et 277 de l'ouvrage de M. de Goncourt, qu'il nous faudrait citer presque en entier.

Malheureusement, le projet dut rester en suspens; car il n'est pas arrivé à notre connaissance qu'une estampe de cette dimension ait été publiée.

Il faut donc nous en tenir aux deux seules pièces qui paraissent avoir été exécutées d'après ce dessin : ce sont la petite gravure de Roger, bien connue des amateurs, et une lithographie anonyme et moitié grandeur. Cette pièce rare et toute ***prud'honienne*** de facture, est dans le cabinet de l'éminent et très sympathique directeur de ***l'Art pour tous.***

16. *La Justice et la Vengeance.*

Hauteur : 0m35. Largeur : 0m46.

Étude complète et terminée des deux figures ailées et drapées.

Dessin au crayon noir estompé et à la craie, sur papier bleu.

Offert au Musée municipal de la ville de Cluny, — lieu de naissance de Prud'hon.

Inédit.

17. *Le Zéphire.*

Hauteur : 0m44. Largeur : 0m34.

Dessin capital, et du plus merveilleux effet, résultant

de la combinaison du crayon noir et de la craie avec la teinte bleue du papier. C'est le dessin terminé pour la gravure ou la lithographie.

La peinture du ***Zéphire*** est aujourd'hui la propriété de Mme veuve Isaac Pereire.

18. *L'Enlèvement de Psyché.*

Hauteur : 0m40. Largeur : 0m30.

Étude d'ensemble, poussée au fini, du tableau exposé au Salon de 1814.

Les deux zéphirs soulevant le voile de la future déesse, ont été supprimés dans la composition définitive.

Dessin aux deux crayons, sur papier bleu.

19. *Vénus et Adonis.*

Hauteur : 0m67. Largeur : 0m52.

« Au milieu d'une forêt ombreuse, Vénus, assise sur un tertre, retient Adonis près d'elle par le charme de ses caresses ; le jeune chasseur enivré paraît oublier qu'il veut partir... »

Grand et lumineux dessin, au crayon noir et la craie mélangés, sur papier blanc jaunâtre.

20. *La Vengeance de Cérès.*

Hauteur : 0m32. Largeur : 0m47.

La déesse, assise à la table de la vieille Baubo, convertit en lézard le jeune Jacchus, dont le geste inconvenant l'avait irritée.

Puissante composition à la pierre d'Italie doucement estompée, et teintée de bistre, sur papier blanc vergé.

21. *Le cruel rit des pleurs qu'il fait verser.*

Hauteur : 0m30. Largeur : 0m45.

Dessin sur papier blanc grenu, à la pierre noire légèrement estompée.

A droite, en haut du soubassement, une échappée de vue entre deux colonnes, où la tête et les ailes de l'Amour se profilent de la plus heureuse façon. C'est une étude très avancée de cette poétique composition.

22. *L'Amour caresse avant de blesser.*

Hauteur : 0m42. Largeur : 0m32.

Brillante et suave étude, obtenue par le mélange et la fonte du crayon noir et de la craie, sur papier blanc jaunâtre.

23. *Le coup de patte du chat.*

(PENDANT DU PRÉCÉDENT)

Hauteur : 0m44. Largeur : 0m34.

Ce merveilleux dessin sur papier bleu, à l'estompe et au crayon noir rehaussé de blanc, est celui gravé par Prud'hon fils. Les fonds, terminés au lavis, sont relevés par de vigoureuses touches d'indigo.

24. *L'Attention.*

Hauteur : 0m39. Largeur : 0m30.

« Jeune garçon, de face. Il est agenouillé un genou en terre, les mains croisées autour de l'autre. Un petit bonnet est jeté, en haut de la tête, sur les boucles de ses cheveux. »

(De Goncourt.)

Gravé par Bourgeois.

25. *Mange, mon petit, mange!*

Hauteur : 0m57. Largeur : 0m43.

Dessin à la pierre d'Italie, avec frottis de craie et de sanguine, sur papier blanc jaunâtre.

26. *Oh! les jolis petits chiens!*

Même facture et même format que le précédent, auquel il fait pendant. Ces deux charmantes compositions sont avec les fonds provisoires.

27. *La Vertu aux prises avec le Vice.*

Hauteur : 0m225. Largeur : 0m185.

Dessin au pointillé, à la pierre noire, sur papier blanc. Signé : Prud'hon.

Trois bandes ajoutées après coup sur les bords de ce dessin, en vue de compléter les figures si malheureusement coupées par le cadre de la gravure; — son pendant entièrement refait dans ce format; — voilà de quoi nous édifier sur un talent qui ne recule devant aucun labeur pour arriver à la perfection.

Nul doute, le consciencieux artiste ne se proposait rien moins que de *buriner* à nouveau ses deux compositions ainsi modifiées.

28. *La Raison parle et le Plaisir entraîne.*

Même format, même facture, même signature que le précédent.

Ces deux dessins, tout réminiscents du Corrège, ont été acquis à la vente Poterlet. Décembre 1840. N° 150 du catalogue.

29. *L'Amour séduit l'Innocence, le Plaisir l'entraîne, le Repentir suit.*

Hauteur : 0m22. Largeur : 0m18.

Dessin à la plume, légèrement estompé, avec des rehauts de blanc.

Cette étude sur papier verdâtre, où les figures sont à mi-corps, et l'Amour de profil perdu, est signée et datée ainsi : P.-P. Prud'hon, 1792.

30. *Les trois Parques.*

Hauteur : 0m25. Largeur : 0m53.

Projet de fronton pour l'Hôtel-Dieu, lequel fut repoussé comme étant une image trop parlante de la Mort.

Dessin très terminé, aux deux crayons, sur papier bleuté.

Lithographie à la plume par A. Colas, en 1846, et reproduit dans *l'Art pour tous*, 25e année.

31-32. *Les quatre heures du jour.*

La Lecture. *Le Sommeil.*
Le Bain. *La Toilette.*

Hauteur : 0m165. Largeur : 0m225.

Compositions aux deux crayons, sur papier bleu, des quatre dessus de portes, exécutés en grisaille à l'hôtel Lanois, et lithographiées par Jules Boilly avec les titres : *Le Matin.* — *Le Midi.* — *Le Soir.* — *La Nuit.*

Voir le nº 621 de *l'Art pour tous* et le *Bulletin* de juillet 1886.

33-34-35. *Trois cadres contenant six feuillets de l'album d'Italie.*

On y voit, avec des croquis d'après les Maîtres, les *Premières pensées de Clotho la fileuse*, de *Sapho inspirée par l'Amour*, et des trois premières muses de l'allégorie de *La Paix*.

Un de ces croquis (à la mine de plomb sur papier blanc) porte la signature abrégée de Prud'hon.

Les Tableaux
et autres Dessins de Maîtres
composant la Collection Ponce-Blanc
feront l'objet d'une deuxième
et prochaine Vente.

Paris. — Imp. réunies, C
— Motteroz —
54 bis, rue du Four.

www.ingramcontent.com/pod-product-compliance
Ingram Content Group UK Ltd.
Pitfield, Milton Keynes, MK11 3LW, UK
UKHW021945260726
13994UKWH00004B/1552